화장실 도사

화장실 레인저

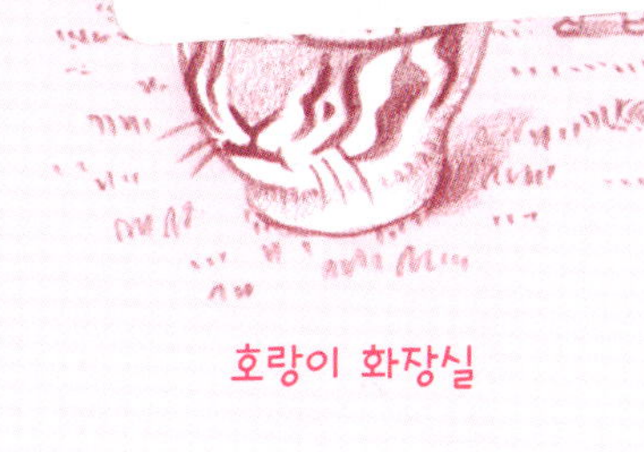

호랑이 화장실

캡슐 화장실

항아리 화장실

끈적끈적 화장실

화장실 레스토랑

폭포 화장실

용수철 화장실

화장실 거인

헬멧 화장실

4인용 화장실

신기하고 재미있는 화장실에서 고깔머리 털북숭이를 찾아보세요.

# 어떤 화장실이 좋아?

스즈키 노리타케 지음 | 이정민 옮김

누구나 하루에 한 번쯤
바지를 벗고 앉아
끄응 끙
홀로 힘을 쓰는 화장실.

근데 잠깐!
매일매일 똑같은 화장실은 지루하지 않나요?
가끔은 색다른 화장실에 가고 싶어요.

물렁물렁한 화장실은 어때요?
변기에 앉으면 내 엉덩이에 맞춰
변기가 일렁일렁 움직이는 거예요.
어? 그런데 중심을 잘 잡아야 해요.
제대로 앉지 않으면 털썩 넘어져요.

고층 화장실은 어떨까요?
한 번 갔다 오려면 꽤 힘들겠지요?
윽, 급하다 급해!
서둘러야겠어요.

빙글빙글 커다란 원이 돌아가는
룰렛 화장실.
구멍을 잘 맞춰서 하나, 둘, 셋!
실패하면 큰일이에요!

이번엔 로또 화장실.
줄지어 서 있는 변기들 가운데서
진짜 변기를 찾아야 해요.
빨리 진짜를 찾지 못하면······.
윽, 급하다 급해!

# 이런 화장실은 어때요?

사슴벌레 화장실
펠리컨 화장실
기타 화장실
미끄럼틀 화장실
해머 던지기 화장실
휴대용 화장실
별 화장실
얼음 화장실
키위 화장실
원시인 화장실
트램펄린 화장실
보트 화장실
보지도 말하지도 냄새 맡지도 않는 화장실

퀴즈 맞히기 화장실

두더지 잡기 화장실

구름 화장실

모래 화장실

꿀벌 화장실

농구 골대 화장실

하마 화장실

산타 화장실

진주조개 화장실

고깔머리 화장실

회전 화장실

소 화장실

이동식 화장실

벤치 화장실

로켓 화장실

정말 재미있는 상상이지요.
이번에는 친구들에게
어울리는 화장실을 생각해 볼까요?

책을 좋아하는 유리

미소가 귀여운 민하

낚시를 좋아하는 건우

달리기를 잘하는 재윤이

야구를 좋아하는 준수

최고의 개구쟁이 동규

도서관 화장실

꽃 화장실

아쿠아리움 화장실

운동장 화장실

야구 경기장 화장실

장난치는 화장실

그리고 내 화장실은……

롤러코스터 화장실!
앗, 큰일 났어요! 화장실이 사라졌어요!

누군가 내 변기를 훔쳐갔어요.
아! 저기 고깔머리 털북숭이가
달아나고 있네요.
저 녀석이 범인인 게 틀림없어요!

덜컹—
덜컹
덜컹

거기 서~~!

으하하하하하!

여기는 화장실 마을이에요.
고깔머리 털북숭이는 어디에 있을까요?
중고 화장실

고깔머리 털북숭이를 찾아 헤매다
화장실 항구에 도착했어요.
"고깔머리 털북숭이! 내 변기를 돌려줘!"

화장실 경기장에서는 변기들의 경주가 한창이에요.
고깔머리 털북숭이가 분명 여기에 있을 텐데…….
대체 어디에 있는 걸까요?

MarlPolo
Gellippi
MM Motors
Del Violeta
It's time to go!!

결국 화장실 숲까지 오게 되었어요.
고깔머리 털북숭이를 빨리 찾지 못하면
내 변기를 영영 못 찾을지도 몰라요.

"저기 있다!"
우아, 친구들이 도와주러 왔어요!
"다 함께 두루마리 휴지를 던지자!"
휴지가 빙그르르 풀리면서
고깔머리 털북숭이를 휘휘 감았어요.
**"잡았다!"**

고깔머리 털북숭이는 롤러코스터 화장실이
재미있어 보여서 타고 싶었대요.
숲 속 친구들도
모두 태워 주고 싶었대요.

'그래, 그거야!'
나한테 좋은 생각이 떠올랐어요.

변기 여러 개를 줄줄이 연결하면
다 같이 탈 수 있는 화장실 기차가 되지요!
모두 화장실 기차 타고 출발~!

화장실에 들어가면 혼자라서 외롭지만
화장실은 누구나 다 가는 곳이에요.
아빠도 엄마도 친구도 선생님도
모두 매일 화장실에 가요.

우리 모두 화장실 친구라고 생각하니
더욱 친하게 느껴져요.

"윽, 급하다, 급해. 빨리 나와!"

"아빠도 형도 조금만 기다려!"

스즈키 노리타케 쓰고 그림

1975년 시즈오카 현 하마마쓰 시에서 태어났다. 2006년 제27회 요미우리 국제만화대상에 입선했으며 TOKYO illustration 2007에도 입선했다. 문예사에서 주관한 비주얼아트출판문화상 2006-그림 책 부문에서 개성파상을 수상했다. 그림책 작품으로 《케챱맨》, 《직업》, 《속 직업》, 《어떤 목욕탕이 좋아?》 등이 있다.

이정민 옮김

1975년 부산 출생으로 도쿄외국어대학 일본어과를 졸업하였으며, 현재는 전문번역가로 활동 중이다. 번역서로는 《쿠니쿠니의 멋지게 살아가기 대작전》, 《쿠니쿠니의 공부 잘하기 대작전》, 《쿠니 쿠니의 진정한 친구 만들기 대작전》, 《보기만해도 머리가 좋아지는 책》, 《신기한 숫자 이야기》, 《수학 몬스터》, 《일상이 즐거워지는 지우개 스탬프 만들기》, 《똥 똥, 무슨 똥?》, 《도와줘요, 응가맨!》, 《학교에서 똥이 마려우면?》 등이 있다.


## 어떤 화장실이 좋아?

1판 1쇄  2012년 6월 28일
2판 3쇄  2025년 11월 10일

／지은이 스즈키 노리타케  ／옮긴이 이정민
／펴낸이 정연금  ／펴낸곳 멘토르

／등록 2004년 12월 30일 제302-2004-00081호
／주소 서충청남도 천안시 동남구 성남면 성남신덕1길 143-21
／대표전화 02-706-0911  ／팩스 02-706-0913
／이메일 mentorbooks@naver.com

ISBN  978-89-6305-560-2  14830

실타래 화장실

하늘을 나는 화장실

보이는 화장실

장군 화장실

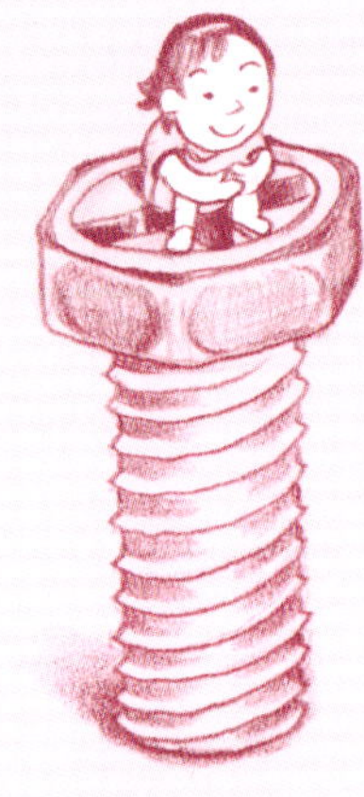

볼트 화장실

구멍 화장실

선물 화장실

너트 화장실

짝꿍 화장실

로봇 화장실

졸졸 새는 화장실

리조트 화장실